日本一短い手紙
「うた」

本書は、平成二十七年度の第二十三回「一筆啓上賞―日本一短い手紙　うた」（福井県坂井市・公益財団法人丸岡文化財団主催、一般社団法人坂井青年会議所・株式会社中央経済社共催、日本郵便株式会社協賛、福井県・福井県教育委員会・愛媛県西予市後援、住友グループ広報委員会特別後援）の入賞作品を中心にまとめたものである。

同賞には、平成二十七年四月一日～十月九日の期間内に二万七六五七通の応募があった。平成二十八年一月二十八日に最終選考が行われ、大賞五篇、秀作一〇篇、住友賞二〇篇、坂井青年会議所賞五篇、佳作一五一篇が選ばれた。同賞の選考委員は、池田理代子、小室等、佐々木幹郎、新森健之、中山千夏の諸氏である。

本書に掲載した年齢・職業・都道府県名は応募時のものである。

目次

大賞

秀作

住友賞

坂井青年会議所賞

「母」へ

おべんとおべんと嬉《うれ》しいな～
と歌《うた》いながら
僕《ぼく》の嫌《きら》いなものを詰《つ》めるのは
やめてください。

大賞
日本郵便株式会社
社長賞
高田　歩武
神奈川県　14歳　中学校3年

「おかん」へ

おい、おかん。
うたっとるときの声《こえ》で
おとんの電話《でんわ》にでてやれよ。

大賞
日本郵便株式会社
社長賞
大丸 智樹
福井県 16歳 高校1年

「おばあちゃん」へ

縁側《えんがわ》でいつも庭《にわ》を見《み》ながら
何《なに》を歌《うた》っているの？
もうすぐ冬《ふゆ》が来《く》るね。
家《いえ》に入《はい》ろうよ。

大賞
日本郵便株式会社
社長賞
宮本　菜々華
福井県　15歳　高校1年

「会社の元同僚達」へ

忘年会《ぼうねんかい》で歌《うた》わされたー
誰《だれ》も聴《き》いていなかったー
途中《とちゅう》で止《や》めても、
気《き》づかれなかったー

音痴とは言え…。

大賞
日本郵便株式会社
社長賞
鈴木　邦義
神奈川県　77歳

「ありがとう大好きなクラスメイト」へ

学校《がっこう》のうたのテスト。
みんなが私《わたし》の前《まえ》で口《くち》パクしてくれる。
耳《みみ》のきこえない私《わたし》のために。

私は生まれつき耳がきこえません。学校での歌のテストの際は、歌いはじめやテンポが分からないので、私の前にみんながさりげなく立って口パクでうたっておしえてくれます。いつもありがとう。

大賞
日本郵便株式会社
社長賞
斉藤 凜花
愛知県 13歳 中学校1年

「生徒諸君」へ

替歌《かえうた》でさりげなく私《わたし》の悪口《わるくち》を入《い》れて、
合唱《がっしょう》するのはやめてください。
結構《けっこう》こたえます。

秀作
日本郵便株式会社
北陸支社長賞
松下 眞治
大阪府 54歳 高校教員

悪口も替歌にされたら許してしまいます。

「母」へ

退職《たいしょく》おめでとう。
本当《ほんとう》にすごいと思《おも》う。
よくその歌《うた》で
バスガイドを務《つと》め上《あ》げたね。

秀作
日本郵便株式会社
北陸支社長賞
猪野　祐介
鹿児島県　48歳　公務員

「風呂場」へ

お前《まえ》だけだ、
俺《おれ》の歌《うた》がわかるのは。

秀作
日本郵便株式会社
北陸支社長賞
広瀬 昌晴
大阪府 70歳

「おんがくのせんせい」へ

せんせい、
ぼく、うたきらいです。
でも、せんせいのことすきです。

秀作
日本郵便株式会社
北陸支社長賞
那須 啓人
京都府 8歳 小学校1年

「みんな」へ

今《いま》はない海《うみ》の見《み》える学校《がっこう》でうたったね。
覚《おぼ》えていますか。
地震《じしん》が起《お》きたあの日《ひ》の夜《よる》のうた

秀作
日本郵便株式会社
北陸支社長賞
佐伯　明莉
宮城県　15歳　高校1年

「気持ち良さそうな君」へ

あのさ、
うたの前《まえ》ではみんな平等《びょうどう》なんだけど、
歌《うた》う途端《とたん》に不平等《ふびょうどう》になるんだよね。

秀作
日本郵便株式会社
北陸支社長賞
沖野　充
島根県

「むすこ」へ

良《い》いことあったのわかるが、
なぜメロディ付《つ》けてバアサンと呼《よ》ぶ。
私《わたし》はキミの母上《ははうえ》じゃ。

いつのころからか…「お母さん」と呼ばなくなった息子への気持ちを手紙にしてみました

秀作
日本郵便株式会社
北陸支社長賞
在原 ルミ子
青森県 49歳 主婦

「亡き母」へ

「銭担《まさかりかつ》いだ桃太郎《ももたろう》」と
わざと歌《うた》うと「金太郎《きんたろう》だよ」と直《なお》す
認知症《にんちしょう》の母《はは》の目《め》は輝《かがや》いてたよ。

秀作
日本郵便株式会社
北陸支社長賞
玉井　一郎
香川県　82歳

「通りすがりの誰かさん」へ

歩《ある》いて歌《うた》ってたら急《きゅう》に後《うし》ろから来《き》やがって。
恥《は》ずくてやめちゃった。サビ前《まえ》だったのに。

秀作
日本郵便株式会社
北陸支社長賞
谷口 くるみ
北海道 15歳 高校1年

「2歳の息子」へ

「つのだせ　やりだせ　えだまめだせ」って。
かたつむりは、そんなに万能《ばんのう》じゃないよ。

秀作
日本郵便株式会社
北陸支社長賞

貴田　美紀
千葉県　35歳　主婦

「合唱の先生」へ

「そこは優《やさ》しく歌《うた》って」って先生《せんせい》の顔《かお》、
鬼《おに》の形相《ぎょうそう》だよ
先生《せんせい》も優《やさ》しい顔《かお》になあれ

住友賞
舟橋　優香
茨城県　21歳　大学4年

先生の顔が鬼になったのは、私達のせいかもしれない。妖怪になる前になんとかしなくちゃ。

「3才の娘」へ

風呂《ふろ》あがり
「ありのままの姿見《すがたみ》せるのよ」って
ご機嫌《きげん》に歌《うた》ってるけど、
早《はや》く服《ふく》を着《き》なさい

住友賞
柚場　隼人
奈良県　31歳　介護福祉士

我が家は、上は8歳から、下は生後10ヶ月まで5人の子供がおり、お風呂の時間も毎日お祭りさわぎです。なかでも、兄妹で、一番ひょうきんな三女の風呂あがりの、ほほえましい光景です。

「彼女ができない自分」へ

お前《まえ》の人生《じんせい》は
まだサビに入《はい》っていないだけだ。
周《まわ》りとは曲《きょく》の構成《こうせい》が違《ちが》うだけだ。

住友賞
小畠　力士
福井県　17歳　高校3年

「パパ」へ

歌《うた》の練習《れんしゅう》も仕事《しごと》のうちなんだと
ママが言《い》ってたよ。
私《わたし》、我慢《がまん》する。宴会頑張《えんかいがんば》ってね。

住友賞
武田　理菜
群馬県　13歳　中学校1年

「仲直りしたい人」へ

うたは自然《しぜん》と口《くち》ずさんでしまう。
そんな風《ふう》に「ごめんね」と
口《くち》ずさめればいいのにな。

住友賞
三串　輝
福岡県　17歳　高校2年

「姉」へ

姉《ねえ》ちゃんの結婚式《けっこんしき》に
私《わたし》と弟《おとうと》で歌《うた》う準備《じゅんび》は完璧《かんぺき》。
あとは姉《ねえ》ちゃんが結婚相手《けっこんあいて》を探《さが》すだけ。

住友賞
川上　まなみ
岡山県　20歳　大学2年

「親父」へ

おい、ちゃんと歌《うた》えよ。
16年間《ねんかん》歌詞《かし》ちがうぞ。

住友賞

善木 春登
福井県 16歳 高校2年

「将棋好きの父」へ

困《こま》ったなぁって盤《ばん》を見《み》つめても、
知《し》ってたよ。
はなうたがでる時《とき》は
父《とう》さんの勝《か》ちだって。

父から教わった将棋。「困ったなぁ」「いい手だねぇ」と父は言いつつも、勝ちそうな時は、はなうたを…。今は亡き父の楽しい想い出です。

住友賞
増田　真奈美
東京都　46歳　主婦

「とうちゃん」へ

きょうは、ビールがいっぱいのめるよ。
かあちゃん、
ずっとはなうたうたってるから。

住友賞
東谷　昂征
福井県　7歳　小学校2年

「次の人」へ

ぼくはトイレで歌《うた》うのが大好《だいす》き。
一人《ひとり》で気持《きも》ちよく歌《うた》えるから。
次《つぎ》の人《ひと》もう少《すこ》し待《ま》ってね

ぼくはよくトイレで歌を歌っているのでこの文をかきました。

住友賞
半澤　鈴之介
福井県　11歳　小学校5年

「お父さん」へ

僕《ぼく》ね、知《し》ってるんだよ。
毎晩《まいばん》お風呂《ふろ》でお父《とう》さんが
会社《かいしゃ》の愚痴《ぐち》を即興《そっきょう》でうたっていること。

住友賞
中山 慎太郎
東京都 14歳 中学校3年

「中学校の先生」へ

合唱《がっしょう》コンに向《む》けて
練習《れんしゅう》していたある日《ひ》の一言《ひとこと》。
「お前《まえ》、口《くち》パクで行《い》こう。」
…傷《きず》ついた。

住友賞
松本　俊祐
北海道　17歳　高校3年

「戦死した父」へ

願《ねが》いかなってレイテ島《とう》で
〝ふるさと〟をうたった。
聞《き》こえましたか、父《とう》さん！

フィリピン慰霊参拝に参加して戦死した山にてようやく会えた喜びに、
むせび泣きながら唱いました。

住友賞
藤澤 國男
福井県 74歳 農業

「母さん」へ

まってろよ、母《かあ》さん。
台所《だいどころ》で鼻歌《はなうた》歌《うた》っちゃうくらい
おれが幸《しあわ》せにしてやる。

住友賞
矢部　陽仁
福井県　10歳　小学校5年

「おとうと」へ

へたなこもりうた聞《き》かせてごめん。
でも、かわいくてしょうがないんだ。

住友賞
沖野　大翔
福井県　7歳　小学校2年

「同窓会幹事様」へ

カラオケ無理《むり》です。
小《ちい》さなプライドが邪魔《じゃま》します。
今回《こんかい》は残念《ざんねん》ですが欠席《けっせき》します。

会の後カラオケ大会とか…音痴の私の出る幕ではありません。

住友賞
富田　佐恵子
奈良県　66歳

「お父さん」へ

風呂場《ふろば》に響《ひび》く歌声《うたごえ》に
「父《とう》さんまだ？」とよく急《せ》かしたよね。
あんな日常《にちじょう》も今《いま》は私《わたし》の宝物《たからもの》。

住友賞
児玉 悦津子
沖縄県 34歳 作業療法士

実家で暮らしていた頃、毎日のようにこんなやりとりがあり、当時の私はよく父に対してイライラしていました。離れて暮らすようになり、ふとあの当時のことを思いだすと「あーしあわせだったなあ」と気付かされました。何気ない日常が、本当にしあわせで宝物なんだと。

「わかりやすい妻」へ

同窓会《どうそうかい》帰《かえ》りの鼻《はな》うたは、
昔《むかし》の彼《かれ》に会《あ》ったんやろ？
気《き》づかぬフリ、しといたる！

住友賞
小谷 昇
大阪府 56歳 中小企業経営

「母」へ

畑《はたけ》からの帰《かえ》り道《みち》で

「夕空晴《ゆうぞらは》れて…」と歌《うた》ってくれた母《かあ》さんは

ハイカラでした。戦中《せんちゅう》でした

住友賞
髙橋　正義
福島県　80歳

母は明治三十年生まれ、小学校唱歌で習ったそうです。

「愛しい妻」へ

君《きみ》はソプラノで、僕《ぼく》はテノール。
夫婦喧嘩《ふうふげんか》も、
ミュージカルみたいで楽《たの》しいね。

住友賞
奈良 徹
埼玉県 42歳 会社員

「おじいちゃん」へ

おじいちゃんが言《い》ったように
歌《うた》を歌《うた》いながら乗《の》ったら
初《はじ》めて自転車《じてんしゃ》に乗《の》れたよ！

坂井青年会議所賞
五十嵐　彩愛
福井県　10歳　小学校5年

「天国のお母さん」へ

ぼくは歌《うた》が大《だい》すきです。
お母《かあ》さん聞《き》こえますか。
天国《てんごく》のお母《かあ》さんの歌《うた》も聞《き》きたいです。

坂井青年会議所賞
柳田　一成
福井県　9歳　小学校3年

「かえるさん」へ

おたまじゃくしって
おんぷににているね。
だからかえるさんは
おうたがじょうずなんだね

坂井青年会議所賞
竹澤　樹里
福井県　6歳　小学校1年

「いわたせなくん」へ

おぼえたこうかでともだちたくさん。
いちねんせいになって
いちばんめのともだちだよ。

坂井青年会議所賞
小松　修大
福井県　6歳　小学校1年

「れいちゃん」へ

えがおがみたいから、
まいにちうたうよ。
だってぼく、
ちいさいおとうさんだから。

坂井青年会議所賞
道下　漣
福井県　7歳　小学校1年

単身赴任で父が不在の我が家では、息子の歌が、娘の子守唄。

佳作

うた

「今は亡き妹」へ

「お姉《ねえ》ちゃーん!!」
幼《おさな》い妹《いもうと》の、大声援《だいせいえん》
頭《あたま》は真白《まっしろ》、うたも出《で》ず、
学芸会《がくげいかい》は、終《お》わりました。

内海　東海子
北海道

「3歳の息子」へ

楽《たの》しい時《とき》は、うたいなさい。
悲《かな》しい時《とき》は、
もっと大《おお》きな声《こえ》でうたいなさい。

3歳の1人息子への手紙です。離婚協議中で、シングルマザーとなりますが、ママと似て、「うた」の大好きな息子なので、この手紙を贈りたいです。

小林 愛
北海道 38歳 主婦

「子ども達」へ

あなたたちから見《み》たらナツメロでも
私《わたし》にしたらこれもバリバリの青春歌《せいしゅんか》なのよ。

在原 ルミ子
青森県 49歳 主婦

子ども、孫、一家でカラオケに行った時の感想

「6才の娘」へ

落《お》ち込《こ》み、イライラ　吹《ふ》き飛《と》ばす

ツッコミ所《どころ》満載《まんさい》の君《きみ》の歌《うた》う替《か》え歌《うた》に

密《ひそ》かに感謝《かんしゃ》しています

大浦　みどり
岩手県　39歳　パート

「ご主人様」へ

君《きみ》と奏《かな》でる人生《じんせい》は
いつまでたっても不協和音《ふきょうわおん》。
でも、少《すこ》しリズムが合《あ》ってきたよね（笑）

奥山　由美
岩手県　42歳

「音痴だと宣う妻」へ

昔《むかし》、俺《おれ》のアカペラで
〃さらば青春《せいしゅん》〃聞《き》いただろうに！

工藤 紀雄
岩手県 63歳 会社員

「お母さん」へ

何《なん》だっけ？
母《かあ》さんが歌《うた》ってた鼻歌《はなうた》。
そこにいるだけで
嬉《うれ》しかった事《こと》しか思《おも》い出《だ》せないよ。

自分が忙しく主婦として働いていて台所で思い出すのは母。忙しくても鼻歌まじりだった母。
今も昔もホッとする存在。ありがたい存在。

岩渕　千恵
宮城県　49歳　診療情報管理士

「父」へ

お父《とう》さん、
吃音《きつおん》だったあなたが歌《うた》ってくれた
「ゆりかごの歌《うた》」
今《いま》も決《けっ》して忘《わす》れません。

皆川　みどり
秋田県　61歳　自営業

吃音だった父は唯一、ゆりかごの歌だけは正確に歌ってくれました。父の愛情そのものです。

「ばあちゃん」へ

しゅわでうたがうたえるように、なったよ。
こんど、きかせてあげるね。

東海林　宇宙
山形県　5歳　幼稚園

「反抗期の息子」へ

かつて子守《こも》りうたで泣《な》き止《や》んだ。
今《いま》大音響《だいおんきょう》のロックに泣《な》かされている。
ほどほどにな。

大島　勝
福島県　59歳　会社員

「認知症の患者さんのいるご家族様」へ

家族《かぞく》は忘《わす》れてしまったけど
「東京音頭《とうきょうおんど》」は全部《ぜんぶ》歌《うた》えるんです。
全《すべ》てを忘《わす》れてはいません。

佐々木 由紀
福島県 42歳 会社員

「母」へ
鼻唄《はなうた》うたってる場合《ばあい》じゃないよ
鍋焦《なべこ》がしてる
そろそろ一緒《いっしょ》に住《す》もう
冬《ふゆ》が来《く》るから

海老原　順子
茨城県　60歳　主婦

「お姉ちゃん」へ

「楽《たの》しそうに歌《うた》うね」って、
そう見《み》えたのは
あなたが嬉《うれ》しそうに
聞《き》いてくれたからだよ。

紫藤　夜半
茨城県　24歳　ライター

「お母さん」へ

留守電《るすでん》は、ほとんどお母《かあ》さんの歌《うた》だらけ。
私《わたし》、何《なに》があっても、落《お》ち込《こ》む気《き》がしない。

舟橋 優香
茨城県 21歳 大学4年

留守電に「元気だよ」って歌ってゲラゲラ笑って。お見事です。元気をありがとう

「母」へ

好《す》きな曲《きょく》　口遊《くちずさ》んでいるときは
御機嫌《ごきげん》なとき。
私《わたし》が謝《あやま》る絶好《ぜっこう》なタイミングです。

森野　瞳
茨城県　36歳　家事手伝い

「寂しがり屋のお姉ちゃん」へ

電話越《でんわご》しで話《はな》す内容《ないよう》が
なくなったからといって
歌《うた》を歌《うた》い始《はじ》めるのやめて。
対応《たいおう》に困《こま》るよ。

李 紗蘭
茨城県 18歳 高校3年

上京して一人暮しをしている姉は人前では、しっかりしているけど、やっぱりどこか寂しいみたいで何度も電話がかかってきます。歌をうたわれると少し困ってしまうけど、それよりも妹なりに力になれてると思うと、うれしいです。

「三歳の息子」へ

君《きみ》は、唄《うた》を忘《わす》れた金糸雀《カナリア》ならぬ、
唄《うた》を覚《おぼ》えた九官鳥《きゅうかんちょう》。
うるさくもあり、可愛《かわい》くもあり。

初澤　みゆき
栃木県　52歳　主婦

「お母さん」へ

ナツメロは、
お母《かあ》さんのタイムマシンなんだね。
口《くち》ずさんでいる時《とき》は、表情《ひょうじょう》が若《わか》いもの。

渡邉　敦子
栃木県

「おばあちゃんのおいしいごはん」へ

うたいながら料理《りょうり》する
おばあちゃんのごはんはおいしいね。
隠《かく》し味《あじ》がうただもんね。

中村　彩音
群馬県　15歳　中学校3年

「彼氏」へ

ライブハウスの片隅《かたすみ》で、
あなたの歌声《うたごえ》を聴《き》いていた。
素敵《すてき》だった。
それで、騙《だま》されたわ。

ライヴハウスで歌を聴いて彼に惚れました。が、付き合ってみたら、ステージのかっこよさと違って甘えん坊で、少しがっかりしました（笑）

遠藤　陽子
埼玉県　44歳　会社員

「母さん」へ

未亡人《みぼうじん》になってからの
母《かあ》さんを見《み》て歌《うた》ができました。
題名《だいめい》「毎日《まいにち》がパラダイス」。
どう？

暴君父にずっと耐えていた母は、父が他界して、悲しむどころか、
毎日、楽しそうで性格が明るくなりました。

遠藤 陽子
埼玉県 44歳 会社員

「空にいる赤ちゃん」へ

お腹《なか》の中《なか》でしか
聞《き》いてもらえなかった子守歌《こもりうた》、
今《いま》も歌《うた》ってるけど、
空《そら》まで届《とど》いてますか？

金子 真弓
埼玉県 31歳 主婦

「慕わしいYさん」へ

合唱団《がっしょうだん》の演奏会《えんそうかい》、
あなた一人《ひとり》の歌声《うたごえ》を探《さが》しながら
聴《き》いていました。

苅米 紀子
埼玉県 23歳 会社員

「小学校教諭の息子」へ

隠《かく》し事《ごと》は身体《からだ》に悪《わる》いよ。
教《おし》え子《ご》たちの前《まえ》で歌《うた》っておしまい。
ジャイアン級《きゅう》の音痴《おんち》で。

齋藤　典子
埼玉県　55歳　主婦

「天国のお父さん」へ

断捨離《だんしゃり》ブームのお母《かあ》さん。
でもお父《とう》さんの好《す》きだった歌《うた》のＣＤは
大切《たいせつ》の箱《はこ》に入《はい》ってたよ。

須田　祐未子
埼玉県　26歳　家事手伝い

何事にも潔い母なので父のＣＤも捨てられたら…と心配しましたが
天国の父と一緒にホッとした思いを届けたいです。

「うた」へ

喉《のど》に刺《さ》さった魚《さかな》の骨《ほね》は米《こめ》で流《なが》し、
心《こころ》に刺《さ》さった言葉《ことば》の棘《とげ》は歌《うた》で流《なが》す。
うたよありがとう。

高橋 南帆
埼玉県 15歳 中学校3年

「山びこ」へ

山頂《さんちょう》で歌《うた》う俺《おれ》の歌《うた》、
そんなにうまいか？
リクエスト連発《れんぱつ》だもんなあ！

長坂 均
埼玉県 60歳 会社員

「カラオケ機製造会社様」へ

カラオケボックスで78点《てん》がでました。
私《わたし》、音大出《おんだいで》てるんですけど
どないなってますの!?

村山　慶子
埼玉県　58歳

「長女」へ

出産《しゅっさん》おめでとう。
青《あお》い瞳《ひとみ》の初孫《はつまご》に、ゆりかごのうたを、
英語《えいご》でお父《とう》さんと練習《れんしゅう》してます。

金子　政子
千葉県　57歳　パート

長女は海外に嫁ぎ出産しましたが、一度も帰国していません。早く会いたいです。

「ママ」へ

いつでもどこでも自信《じしん》げに、
ノリノリで歌《うた》うママ。
私《わたし》はちょっぴり、はずかしい。

豊田 雛子
千葉県 11歳 小学校6年

「台所の母」へ

大声《おおごえ》で歌《うた》うのは、
落《お》ち込《こ》んだ時《とき》だとは！
長年《ながねん》、機嫌《きげん》が良《よ》いからだと
思《おも》い込《こ》んでいました。

宮﨑　みちる
千葉県　50歳　派遣社員

「ドヤ顔、生きがいのジィちゃん」へ

マイケルの歌《うた》を
発作《ほっさ》にまちがわれても歌《うた》いぬいた
爺《じい》ちゃんのドヤ顔《がお》、日本一《にほんいち》でした。

山本　敬司
千葉県　67歳

「お姉ちゃん」へ

勉強中《べんきょうちゅう》に鼻歌《はなうた》を歌《うた》うと
怒《おこ》りだすお姉《ねえ》ちゃん。
十五分前《じゅうごふんまえ》に歌《うた》っていたのはどこの誰《だれ》だ。

在塚　朱音
東京都　14歳　中学校3年

「つき合いはじめた彼」へ

留守電《るすでん》に入《はい》っていた

「カラオケ誘《さそ》ってゴメン。」

私《わたし》の音痴《おんち》にトドメをさす気《き》？

太田 奈津子
東京都 49歳 パート

「同級の友」へ

若《わか》い頃《ころ》はよく頭《あたま》の中《なか》で
ロッキーのテーマが聴《き》こえてきた。
でも今《いま》は蛍《ほたる》の光《ひかり》、俺《おれ》だけぇ？

小沢　文明
東京都　60歳　自営業

「去年亡くなった父さん」へ

今《いま》、父《とう》さんの歌《うた》を作《つく》っているの。
自転車《じてんしゃ》に乗《の》りながら歌《うた》うと、
涙《なみだ》が風《かぜ》に飛《と》ばされて乾《かわ》くよ

久保　幸子
東京都　55歳　講師

「母さん」へ

幼《おさな》い頃《ころ》に背負《せお》われ聞《き》いた微《かす》かな記憶《きおく》
母《かあ》さん、何時《いつ》も口《くち》ずさんでいた
歌《うた》の題名《だいめい》は何《なん》だったの

小林　千榮子
東京都　69歳

子守歌ではなく、母には何時も口ずさんでいる歌があったのです。あれから七十年。何の歌だったのか無性に知りたくなることがあるのです。母が存命中に聞かなかったこと悔まれます。

「友達」へ

うたは創造《そうぞう》だ。
僕《ぼく》がカラオケで三十点《さんじってん》だったのも
創造《そうぞう》なんだ。
音痴《おんち》なわけじゃない。

清水 貴志
東京都 12歳
中等教育学校1年

友達とカラオケに行ったときに、僕が三十点をとった。そして友達に、「音痴よ、二度とあの曲を歌わないでくれ」と言われた。ちがうちがう。僕はアレンジしただけ。

「友」へ
「逃《に》げた女房《にょうぼう》」の
歌《うた》を聞《き》いて泣《な》くな!!
バカタレ

高橋 洋一
東京都 71歳 自営業

「母」へ

僕《ぼく》が夜勉強《よるべんきょう》していると、
母《はは》は風呂《ふろ》でのんきに歌《うた》っています。
このことは絶対《ぜったい》忘《わす》れません。

三輪田 颯真
東京都 13歳
中等教育学校1年

「独り暮らしの隣家のおばあさん」へ

朝一番《あさいちばん》で詩吟《しぎん》の声《こえ》が聞《き》こえると、
「今日《きょう》も元気《げんき》だな」とホッとします。
見事《みごと》な百歳《ひゃくさい》!!

鈴木 邦義
神奈川県 77歳

息子さんが4人とも遠方に住んでいるので…。聞こえて来ない日は、さり気なく様子を見に。

「中学時代の自分」へ

信仰心《しんこうしん》も無《な》いのに、
賛美歌《さんびか》を歌《うた》う少女達《しょうじょたち》の姿見《すがたみ》たさに教会《きょうかい》へ…。
冒涜《ぼうとく》だったなぁ。

カトリック信者だった姉のまわりに美少女が沢山いた。

鈴木　邦義
神奈川県　77歳

「お母さん」へ

鼻歌《はなうた》まじりに料理《りょうり》する母《はは》。
恐《おそ》ろしい程《ほど》調子《ちょうし》っぱずれ。
なのに煮物《にもの》の味付《あじつ》け天下一品《てんかいっぴん》！

茂木 弘美
神奈川県 59歳

「天国の母」へ

畑《はたけ》からの帰《かえ》り道《みち》
夕《ゆう》やけ小《こ》やけを唄《うた》ったね
もう　空《そら》には
うっすらと月《つき》が見《み》えていましたね

畑仕事を終える母を迎えに行った帰り道　いつも一緒に夕やけ小やけを唄いました
この歌を聴くと　働き者だった母を思い出します

涌井　和子
新潟県　59歳　パート

「難聴の孫、小四」へ

君《きみ》は歌《うた》が苦手《にがて》って決《き》めてごめんね。
全校生徒《ぜんこうせいと》で歌《うた》った
「ビリーブ」感動《かんどう》したよ。

創立50周年で歌いました。とてもすばらしく拍手（手話拍手）なりやみませんでした。

柴田 照子
富山県 66歳

「高校生の息子」へ

母《はは》は知《し》っています。
君《きみ》がこの歌《うた》を歌《うた》う時《とき》は
ちょっと元気《げんき》がない時《とき》。
よし！今夜《こんや》は焼肉《やきにく》だ。

原田　優美子
石川県　40歳　事務職

「母」へ

母《はは》が料理《りょうり》をつくっているときに歌《うた》う鼻歌《はなうた》が、
私《わたし》のお腹《なか》の虫《むし》を鳴《な》かせます。

五十嵐 由江
福井県 16歳 高校2年

母が機嫌がいいときは、料理がとてもおいしいので、機嫌がいいのを鼻うたで表現した。

「鼻歌」へ

機嫌《きげん》がいいときにしか
でてこないキミが、大好《だいす》きだ。

池田　ひとみ
福井県　32歳　アルバイト

「保育園のころの先生」へ

うたは、ぼくは、
保育園《ほいくえん》のころから知《し》った。
保育園《ほいくえん》は終《お》わったけれど、
うたは終《お》わらない

市村　大斗
福井県　12歳　小学校6年

「11才の息子」へ

鼻歌《はなうた》まじりで過《す》ごしてるけど
保育園《ほいくえん》の発表会《はっぴょうかい》は口《くち》も体《からだ》も微動《びどう》だにせず。
大《おお》きくなったね!!

伊東 ゆかり
福井県 45歳 公務員

「おかあさん」へ

「からたちの花《はな》」が好《す》きだったね。
イヤホンに合《あ》わせて唇《くちびる》が震《ふる》えていたね、
逝《ゆ》く日《ひ》にも。

伊藤　由美
福井県　60歳　主婦

意識の無くなった母にイヤホンで童謡などを聞かせていた時の出来事です。

「おねえちゃん」へ

おねえちゃんが、
うたってくれる　こもりうた、
きけばきくほどねれないよ。

小川　あい
福井県　6歳　小学校1年

「未来」へ

耳《みみ》をすましてみろ！
森林《しんりん》たちは歌《うた》っているか？

今、森林伐採が環境問題になっている。未来の森林たちは生きのこって森林の葉が風にゆられて歌っているイメージで書いた。

小川 裕世
福井県 17歳 高校2年

「小学校の時の先生」へ

声変《こえが》わりしたぼくに
ソプラノパートを歌《うた》わせないで下《くだ》さい。

奥野　大地
福井県　17歳　高校2年

「いもうと」へ

おうたじょうずになったね。
でもそのこもりうた、
おかあさんまちがっちゃってるんだ。

踊場　隼人
福井県　6歳　小学校1年

「ネコのミー」へ

頭《あたま》を、ぼくのせなかに
ゴツンとぶつけて、
「ミャー」
いつも応援歌《おうえんか》をありがとう。

金本　たつや
福井県　9歳　小学校4年

「通院している夫」へ

今朝《けさ》は体調《たいちょう》が良《よ》い証拠《しょうこ》。
ナツメロばかりの鼻歌《はなうた》。
毎日《まいにち》続《つづ》けて、聞《き》きたくないけど、
私《わたし》は我慢《がまん》

川森 照子
福井県 72歳

「おかあさん」へ

いつもかえうたがうまいけど
やめてほしいです。
へんだからです。
ぼくのことはやめて。

久保田　朔人
福井県　7歳　小学校1年

「丸岡町出身の作曲家　今川　節さん」へ

あなたの作《つく》った「ペチカ」、
難《むずか》しくてまだ上手《うま》く歌《うた》えません。
何拍子《なんびょうし》なんですか?

小学校で習った「ペチカ」、同じ歌詞で別の曲があることを知りました。
毎日夜9時になると町に流れてきます。

福井県　51歳　会社員
窪田　直子

「おばあちゃん」へ

台所《だいどころ》で、
ひみつのアッコちゃんを歌《うた》っている
おばあちゃんの姿《すがた》を見《み》ると
心《こころ》がホッとするよ

児玉　亘
福井県　11歳　小学校6年

「赤ちゃんのわたし」へ

ままの大《だい》じな子《こ》どもたち
ままの大《だい》じな子《こ》どもたち…。
さくしさっきょくおかあさん。

佐々木　颯菜
福井県　8歳　小学校2年

「自分」へ

歌《うた》はきらい。
歌《うた》が、下手《へた》だから。
でも、だれもいない所《ところ》では歌《うた》う。

さわ　あやと
福井県　9歳　小学校3年

「お父さん」へ

言《い》わないだけでいつも思《おも》ってる。
一緒《いっしょ》に歌《うた》える時間《じかん》が大好《だいす》き。
第九《だいく》に参加《さんか》してよかった。

澤田　七星
福井県　15歳　高校1年

「おとうさん」へ

ドライヤーのおとにかくれてうたうのは、
はずかしくないよ。

すずき　ゆうな
福井県　6歳　小学校1年

「まま」へ

おねがいだから
うたわないでください。
まだねたくありません。

関 だりあ
福井県 6歳 小学校1年

赤ちゃんの頃から寝かしつけには歌を歌っていました。
いまだに、わたし（母）が歌うとねむくなってしまうようです。

「パパ」へ

パパの歌《うた》はおもしろいよ。
ママはおんちだというけど、
わたしは好《す》きだよ。

高橋　知子
福井県　9歳　小学校4年

「母」へ

いつもオススメの歌《うた》を
教《おし》えてくれてありがとう。
でも、たまには俺《おれ》のオススメを聴《き》け！

竹内　皓亮
福井県　16歳　高校2年

「コマーシャルを作る人」へ

テスト中《ちゅう》、
ＣＭソングが頭《あたま》の中《なか》をぐるぐる。
まほうをといて下《くだ》さい。

都筑　哲哉
福井県　９歳　小学校４年

「かえるさん」へ

毎《まい》ばん歌《うた》ってくれてるけど、
わたしはほかにけっこんしたい人《ひと》がいるの、
ごめんね。

冨田　紗矢
福井県　8歳　小学校3年

田んぼで鳴いているかえるの鳴き声を聞いていたら、歌を歌っているように聞こえた。
オスのかえるは、鳴いておよめさんをよんでいるそうです。

「お星さまのおじいちゃん」へ

おたん生日《じょうび》だから歌《うた》ってあげる。
り子《こ》の歌《うた》が聞《き》こえたら
星《ほし》を一《いち》ばんキラキラさせてね。

鳥山　璃子
福井県　8歳　小学校2年

「悪友」へ

下戸《げこ》のお前《まえ》でも、
自分《じぶん》の歌《うた》には酔《よ》えるんだな。
おかげで俺《おれ》は、悪酔《わるよ》いしそうだよ。

中村　公雄
福井県　46歳　会社員

「おかあさん」へ

こもりうたさいごまでうたってね。
でもいいよ。
つかれてるんだよね。
おやすみ。

西村　咲乃
福井県　8歳　小学校2年

「おにいちゃん」へ

まねするな！って言《い》うけれど、
なんでかいっしょに
うたいたくなるんやもん。

にわ　かいと
福井県　8歳　小学校2年

「母」へ

友達《ともだち》に音痴《おんち》と言《い》われます。
父《ちち》になり、娘《むすめ》に子守歌《こもりうた》を歌《うた》う母《はは》をみて、
謎《なぞ》がとけました。

布目　啓介
福井県　31歳　教員

今年娘がうまれました。母にとっては初孫。初めてきいた母の子守歌。
僕が音痴になった理由はここにありました。

「娘」へ

ラジオから流《なが》れて来《き》たのは、
娘《あなた》の大好《だいす》きな歌《うた》。
天国《てんごく》まで居《い》くように、
ボリュームアップ。

2年前に、21才の娘は、交通事故で亡くなりました。
生前、娘の大好きだった曲を、聞くと涙ぐんでしまう母です。

蜂谷　真弓
福井県　56歳　自営業

「妹とねるお母さん」へ

歌《うた》ってもらへるの、
待《ま》ってるんだけど。
お母《かあ》さんのおっぱい、
背中《せなか》にあれば良《よ》かったのに

たまには、私の方を向いて子守歌を歌って欲しいと思っています。

東本 ひなた
福井県 11歳 小学校6年

「ばあちゃん」へ

おばあちゃんが僕《ぼく》に歌《うた》ってくれた子《こ》もり歌《うた》
こんどは僕《ぼく》がおばあちゃんに歌《うた》ってあげる。

藤崎 純輝
福井県 16歳 高校2年

ちいさいころきかせてくれた歌を今の自分がうたってあげる

「じいちゃん」へ

赤《あか》い灯《ひ》青《あお》い灯《ひ》って麻雀《まあじゃん》で歌《うた》い始《はじ》めたら、
いい牌《ぱい》持《も》ってるって皆《みんな》知《し》ってたよ、
じいちゃん。

古市 尚子
福井県 57歳 ピアノ講師

子供の頃の思い出です。おやつをもらって麻雀を見ていました。

「妹」へ

「カラスさんとは帰《かえ》れないね。」

ってあなたが言《い》った一言《ひとこと》。

おかしくて今《いま》も笑《わら》っちゃうよ。

牧田 愛未
福井県 16歳 高校1年

「命」へ

心臓《しんぞう》がかなでる、
「ドクン、ドクン。」
この歌《うた》は私《わたし》が生《い》きている
しょうこだね。

水間 智乃
福井県 12歳 小学校6年

自分の歌で、出てきたのが心臓で命は「ドクン、ドクン」とかなでているから命へにしました。
これは命のつながりを書きました。

「遠くに逝ったあなた」へ

二人《ふたり》でよく聞《き》いたフォークソング、
淋《さび》しい曲《きょく》ばかりだったけど、
心《こころ》は幸《しあわ》せいっぱいでした

三田村 富美代
福井県 63歳

「鳥」へ

私《わたし》は毎朝《まいあさ》鳥《とり》の鳴《な》き声《ごえ》で目覚《めざ》める。
その鳥《とり》はまるで歌《うた》ってるようだ。
そのせいでつい二度寝《にどね》

室 美月
福井県 16歳 高校2年

鳥の鳴き声で目覚めるけど、鳥の鳴き声がきもちよすぎて、つい、二度寝をしてしまうということ。

「お父さん」へ

お父《とう》さん、
耳《みみ》が聞《き》こえないから
わたしが手話《しゅわ》をおぼえて
歌《うた》ってあげるね。

山口 りおん
福井県 8歳 小学校3年

「母」へ

料理《りょうり》上手《じょうず》なお母《かあ》さん
野菜《やさい》を刻《きざ》むその歌《うた》が
僕《ぼく》のおなかを鳴《な》らします。

母の料理が僕の食欲を増やしてる思い。

山下 海都
福井県 13歳 中学校2年

「お母さん」へ

ぼくが作《つく》った歌《うた》のかしを
いつまでも
冷《れい》ぞう庫《こ》にはっておくのはやめて。

山本 真之
福井県 10歳 小学校5年

「おばあちゃん」へ

歌《うた》いながら料理《りょうり》してる所《ところ》好《す》きです。
料理《りょうり》のおまじないですか。
昔《むかし》は怖《こわ》かったです。

吉野 楓
福井県 17歳 高校3年

「3才の娘」へ

トイレの前《まえ》で
「どおしてでてこないのー。」と歌《うた》うな！
出《で》そうなものものもひっこむだろ。

石丸 浩国
岐阜県 45歳 教員

「せかいじゅうのこどもたち」へ

「せかいじゅうのこどもたちが」の
しゅわをおぼえたよ。
これでいっしょにうたえるね。

石丸 桃子
岐阜県 6歳 小学校1年

「初孫のけんしん」へ

水道《すいどう》のホースが、君《きみ》のマイクだね！
元気《げんき》はつらつ、今日《きょう》も早起《はやお》き。
ばあばは君《きみ》に夢中《むちゅう》さ！

竹野 智加子
岐阜県 書道講師

「けいちゃん」へ

ずるいよ。
やっと子守《こも》り歌《うた》で眠《ねむ》ったと思《おも》ったのに、
布団《ふとん》に降《お》ろすと、ニヤっとするんだ。

正村 まち子
岐阜県 67歳 保育士

「認知症の母親」へ

ナア息子《むすこ》の顔《かお》も思《おも》い出《だ》してくれよ。
「星影《ほしかげ》のワルツ」を
歌詞《かし》を見《み》ないで歌《うた》えるくらいなら

村瀬 充男
岐阜県 64歳 自営業

九十二才で特養ホームに居る母への手紙です。

「主人」へ

泣《な》きたい時《とき》に、
ふんばって大声《おおごえ》でうたうの分《わ》かるけど、
別《べつ》の方法《ほうほう》も考《かんが》えてみて。

島田 聡子
静岡県 63歳 主婦

主人は嫌な事に堪える時、大声で歌いますが、少少迷惑です。

「弟」へ

一度《いちど》でもデュエットすれば良《よ》かったね。
こんなに早《はや》く逝《い》っちゃうなんて

井上 恒子
愛知県 69歳 主婦

もうすぐ弟の一周忌です。音痴な私は弟の誘いを断ってばかりでした。悔やまれます。

「頑張るジイジ」へ

イクジイ目指《めざ》してミルクにお風呂《ふろ》。
ゆりかごの歌《うた》で、
孫《まご》より先《さき》に寝《ね》ていますよ。

神谷 純子
愛知県 61歳 主婦

「私」へ
歌《うた》っちゃダメだよ、
歳《とし》がばれるから。

吉田 さをり
愛知県 55歳 主婦

「天国の父」へ

父娘《おやこ》を悩《なや》ませた音痴《おんち》の遺伝子《いでんし》。
ひ孫《まご》の代《だい》で漸《ようや》くお隠《かく》れになりました。
お喜《よろこ》び下《くだ》されたし。

安藤 美和子
三重県 67歳 主婦

「96歳の母」へ

母《はは》の十八番《おはこ》「里《さと》の秋《あき》」
戦場《せんじょう》の父《ちち》の無事《ぶじ》を祈《いの》る歌《うた》だったとは
戦後《せんご》70年《ねん》、初《はじ》めて知《し》りました。

加藤 優子
三重県 70歳 主婦

昭和二十年六月比島ルソン島にて父、戦死。私は生後六ヶ月でした。
今夏、テレビの歌番組で三番の歌詞を知り母はどんな思いで歌っていたのでしょうか。
今は寝たきりとなり聞くことはかないません。

「童謡の作者様」へ

赤《あか》とんぼに追《お》われ、
うさぎは美味《おい》しいのだ、
と思《おも》って歌《うた》っておりました、
お許《ゆる》し下《くだ》さい。

天白 晶子
三重県 56歳 主婦

「天国の父」へ

あの子《こ》はだあれ、
ひざで聞《き》いた歌《うた》
終《おわ》りはいつも私《わたし》の名《な》だったね
もう一度《いちど》聞《き》きたいよ父《とう》さん

幼い頃の父との想い出のうたです。

天白 晶子
三重県 56歳 主婦

「母さん」へ

「ふるさと」—
離《はな》れてやっと意味《いみ》が分《わ》かった歌《うた》。
志《こころざし》果《は》たして、いつか胸《むね》張《は》って帰《かえ》るから。

池田 雄大
滋賀県 19歳 大学生

「看者さん」へ

うたは心《こころ》のお薬《くすり》です。
心《こころ》がズキズキ痛《いた》むときは、
必《かなら》ず服用《ふくよう》してください。

井戸 萌乃
滋賀県 15歳 中学校3年

「父」へ

反抗期《はんこうき》。
雨《あめ》の送迎《そうげい》。車内《しゃない》は沈黙《ちんもく》。
カーペンターズが流《なが》れていたね。

毛利 眞子
滋賀県 15歳 中学校3年

「孫娘」へ

「都紀《つき》」と命名《めいめい》された夜《よる》。
思《おも》わず炭坑節《たんこうぶし》を口《くち》ずさんでごめんネ。
とてもいい名《な》だよ。

電話で、「つき」と命名したと娘から聞いた時、最初驚きました。
その夜、風呂の中で思わず炭坑節を口ずさんでいました。

久木 史朗
京都府 67歳 自営業

「愛する妻」へ

「歌《うた》い納《おさ》め」とか言《い》って、
昨夜《さくや》も何軒《なんけん》ハシゴしただろう？
君《きみ》も行《い》ってきていいよ！

小谷 昇
大阪府 56歳 中小企業経営

愛犬《あいけん》よ
私《わたし》の歌声《うたごえ》に吠《ほ》えないで！

中村 久美子
大阪府 70歳 主婦

「うた」へ

なんでたった5分《ふん》とかで
人《ひと》のキモチ変《か》える事《こと》が出来《でき》るんか
ずっと不思議《ふしぎ》に思《おも》ってたてん。

中村 仁美
大阪府 16歳 高校1年

「妻」へ

下手《へた》でも二人《ふたり》でハモるのが、
僕達《ぼくたち》の暮《くら》しの流儀《りゅうぎ》だろ。
なぜ急《きゅう》にソロで歌《うた》いたがるのかい？

夏田 信身
大阪府 81歳

「学年一の悪だった君」へ

卒業式《そつぎょうしき》の日《ひ》、
自作《じさく》の歌《うた》をくれた悪《わる》ガキ君《くん》。
同窓会名簿《どうそうかいめいぼ》に、
行方不明《ゆくえふめい》とは悲《かな》しいです。

平山 絹江
大阪府 66歳

中学の時、学年一の悪だと皆に恐れられた君が私のために書いたという作詞作曲の歌を卒業式の日に、私だけにくれましたね。将来、楽しみにしていたのに…

「カラオケ恐怖症の私」へ

あなたが心配《しんぱい》するほど、
周《まわ》りはあなたの歌《うた》を聞《き》いてないから…
大丈夫《だいじょうぶ》！大丈夫《だいじょうぶ》！

歌に自信が無い私は、カラオケに誘われても、上手く歌えるか心配ばかりしてしまうので、
そんな私に一筆啓上しました。

山本 ひとみ
大阪府 60歳 主婦

「熟年離婚の主人」へ

昔《むかし》は毎日《まいにち》愛《あい》の歌《うた》を歌《うた》ってた。
でも人生《じんせい》の息継《いきつぎ》ミスで熟年離婚《じゅくねんりこん》する私達《わたしたち》。
二重唱《デュエット》は諦《あきら》めます

久保 みつよ
兵庫県 61歳

息継をまちがえると息が続かず うまく歌えません 人生も同じで息切れすると離婚に至ります。経験してわかりました。前を向いて歩きます。

「亡き妻」へ

孫《まご》が唄《うた》をうたった言《い》うので
飛《と》んで行《い》ったけど
生後半年《せいごはんとし》やで。
親《おや》バカは爺婆《じじばば》ゆずりやな。

後藤 益男
兵庫県 60歳 会社員

「第9合唱団」へ

ご迷惑《めいわく》をおかけしますので
全部《ぜんぶ》「口《くち》パク」でうたいます

福井 勲
兵庫県 72歳

ベートーベンの「第9」の合唱で、練習をつみかさねて来たのですが
音がズレたり自信がありません。みんなの合唱に迷惑がかかったら大変です。

「だいすきなママ」へ

ママ、ボクがおなかにいるとき、
このうたよくうたってくれたよね。
ボクきいていたよ。

松尾 美樹
兵庫県 47歳 看護師

子供が胎内記憶で話してくれた言葉 忘れられなくて残しました。
他の方にも胎教大切にしてほしいです。

「反抗期の息子」へ

冒険《ぼうけん》が終《お》わったら
「どんぐい　こおこお」と歌《うた》ってくれた
あの頃《ころ》の素直《すなお》な君《きみ》に戻《もど》ってね。

柿本　清美
和歌山県　43歳　会社員

「夫」へ

気付《きづ》いてた？
産院《さんいん》からの帰《かえ》り道《みち》、
運転《うんてん》しながらずっと
あなたがハミングしてたこと。

産院から、私と産まれ児を連れて帰る帰り道、車の中でずっと夫はハミングしていました。
よほど嬉しかったのですね。

角森　玲子
島根県　自営業

「一人暮らしを始める娘」へ

今日《きょう》は風呂《ふろ》で歌《うた》わんといて。
歌《うた》も本人《ほんにん》もいっぺんに
おらんようになったら　かなわんわ。

井上　富士子
岡山県　45歳　主婦

「カラオケ」へ

父《ちち》の遺言《ゆいごん》は
「お前《まえ》は人前《ひとまえ》で歌《うた》ってはいけない」なので、
歌《うた》えません。

小田 順子
岡山県 64歳

音痴ですが歌を聞くのは大好きで、カラオケにも行きます。
歌えと言われたら、父の遺言があるので歌えませんと、笑って断ります。

「息子」へ

君《きみ》が殻《から》に閉《と》じこもって、
もう何年《なんねん》かな。
君《きみ》が口《くち》ずさむ
「愛《あい》の言霊《ことだま》」また聞《き》きたいよ。

三戸岡 一江
岡山県 56歳 主婦

「(亡) 育ての父」へ

結婚式《けっこんしき》のヘタな歌《うた》のテープ、
遺品《いひん》で聞《き》いてわかりました。
本当《ほんとう》は父《とう》さん泣《な》いてたんだね。

若狭 庸子
岡山県 55歳 主婦

遺品整理して空家の改築して私の娘が結婚して住む時、「娘よ」をうたっていたのをきいて娘と泣きました。実の父が事故で死に育ててくれた父です。

「孫たち」へ

雨漏《あまも》りする古《ふる》い家《いえ》では、
バケツや洗面器《せんめんき》をポトッポチャと鳴《な》らす
雨《あめ》の歌《うた》が聞《き》けるんだぞ♪

渡邉 光子
岡山県 63歳 主婦

古い家は、台風の度に雨漏りする箇所が増え大変。でも、カラフルな入れ物がいっぱい並び雨音（?）が楽しめます。孫たちに写メールを送ると「見たーい。聞きたーい♪」

「お母さん」へ

朝《あさ》、「主《しゅ》よ御許《みもと》に近《ちか》づかん」で起《お》こすので、
むしろ永遠《えいえん》の眠《ねむ》りにつきそうでした。

私が中学生の頃、母は毎朝歌いながら起こしてくれていました。
でも、選曲がいまひとつで、「主人（あるじ）は冷たい土の中に」もレパートリーにありました。
起こしてくれても、全然ありがたくありませんでした。

亀井 佐知子
山口県 50歳

「2歳の息子」へ

子守唄《こもりうた》ハモリはじめ、
どんどんテンション上《あが》る息子《むすこ》よ。
今日《きょう》もママ先《さき》に寝《ね》るからスマン。

宗正 いぶき
山口県 31歳 公務員

歌大好きな息子は、子守唄を聞くとふとんから起き出し、ダンスをしながら熱唱!!
朝5時起の私は、いつも先にノックダウンしてしまいます。お願いだから早く寝て~!!

「父」へ

いつも聴《き》く古《ふる》くさい歌《うた》を、
介護士《かいごし》となってから詳《くわ》しくなり、
気付《きづ》けば私《わたし》も歌《うた》っていました。

津国 智之
愛媛県 37歳 介護士

「お父さんとおばちゃん」へ

二人共《ふたりとも》、
俺《おれ》が歌《うた》うとお経《きょう》みたいだと言《い》うが、
そこまで信心深《しんじんぶか》くない。

三好 隆盛
愛媛県 16歳 高校2年

「かりえ小学校校か」へ

一年間《いちねんかん》しか、うたわなかったけど、
ずっとずっと、わすれないよ。

狩江小学校は、今年三月で廃校になりました。大好きな狩江小学校。そして校歌。
ずっとずっとわすれず、大切にしていきます。

横田 成哉
愛媛県 8歳 小学校2年

「住職さん」へ

静《しず》かな法要《ほうよう》の途中《とちゅう》
「長《なが》いうた」孫《まご》の一言《ひとこと》に
吹《ふ》き出《だ》してしまってごめんなさい。

女性の住職さんで助かりました。

井上 美津江
福岡県 71歳 主婦

「小室」へ

君《きみ》が薦《すす》めてたあの曲《きょく》、
今《いま》も聴《き》いてるよ。
聴《き》く度《たび》、君《きみ》の顔《かお》が思《おも》い浮《う》かぶのが
難点《なんてん》だけどね。

親しい友人との手紙です。

今村 拓哉
福岡県 17歳 高校3年

「お母さん」へ

赤《あか》ちゃんの頃《ころ》に
音痴《おんち》な歌《うた》を聴《き》くと音痴《おんち》になるらしいよ。
お母《かあ》さん私《わたし》に子守唄《こもりうた》うとた？

加藤 久美子
福岡県 会社員

うとた？は歌った？の方言です。

「未来の自分」へ

おおぜいの人《ひと》の前《まえ》で
歌《うた》うのはやめてくださいね、
笑《わら》われますから。
鼻歌《はなうた》もだめですよ。

自分がものすごい音痴なので。

古森 隆太郎
福岡県 15歳 中学校3年

「亡き母」へ

母《かあ》さんが涙《なみだ》して聴《き》いていた
「千《せん》の風《かぜ》になって」どうですか？
僕《ぼく》の身近《みぢか》にいつも居《い》ますか？

佐竹 俊彦
福岡県 60歳 会社員

「お父さん」へ

お父《とう》さんと歌《うた》った「バラが咲《さ》いた」。
炭鉱電車線路横《たんこうでんしゃせんろよこ》を共《とも》に歩《ある》いた
温《あたた》かい茜色《あかねいろ》の記憶《きおく》です。

佐藤 博美
福岡県 52歳 事務員

小さい頃は時の流れがゆるやかでした

「結婚した友だち」へ

余興《よきょう》でこの定番《ていばん》ソングを歌《うた》うのも八回目《はちかいめ》。
そろそろ高砂《たかさご》で聴《き》きたいものです。

篠原 歩
福岡県 31歳 事務

「愛する娘」へ

君《きみ》は何時《いつ》も歌《うた》っていたね。
両親《りょうしん》の夫婦《ふうふ》喧嘩《げんか》のさなかでも、
どこ吹《ふ》く風《かぜ》と歌《うた》う姿《すがた》を忘《わす》れない

西尾 博喜
福岡県 54歳 会社員

「大人の皆様」へ

「兎追《うさぎお》いし」を、「兎美味《うさぎおい》し」と、
思《おも》っていたのはいつまでですか。
自分《じぶん》は中二《ちゅうに》までです

野﨑 聖樹
福岡県 17歳 高校2年

「結婚する息子」へ

幼《おさな》くして父《ちち》を亡《うしな》い、
小六《しょうろく》で人生《じんせい》いろいろを歌《うた》った君《きみ》。
未来《みらい》は嬉《うれ》しいことでいろいろだよ。

蓮尾 裕美
福岡県 66歳

「父」へ

「娘《むすめ》よ」

ホームに入《はい》った頃《ころ》はよく歌《うた》っていましたね。

今《いま》では私《わたし》の名前《なまえ》も忘《わす》れましたね。

前田 訓次
福岡県 64歳

父は今年3月5日90歳になりました。

「妻」へ

心《こころ》に太陽《たいよう》を くちびるにうたを
そしてポケットにもすこし小《こ》づかいを
ダメか? 妻《つま》へ

安田 邦光
福岡県 78歳 アルバイト

「孫」へ

「ウグイスが鳴《な》いている。」よと。
「違《ちが》うよあれは歌《うた》っている。」と孫《まご》が言《い》う。
昔《むかし》懐《なつ》かし。

松本 貞則
佐賀県 67歳

「息子（五才）」へ

あなたが歌《うた》う
「あめふりくまのこ」が聞《き》きたくて、
雨《あめ》の日《ひ》を楽《たの》しみにしています。

池永 美和
長崎県 41歳 主婦

「新郎様」へ

大《おお》きな古時計《ふるどけい》を「ごじまでの時計《とけい》さ。」と歌《うた》っていた娘《むすめ》をよろしくお願《ねが》いします。父《ちち》

実話です。世の中の時計がすべて「5時」まででしたら、もっとゆったりとした社会になると思います。

興呂木 和朗
熊本県 51歳 教員

「母校の小学校」へ

三世代《さんせだい》同《おな》じ校歌《こうか》を歌《うた》えます。
四月《しがつ》になれば　もひとり歌《うた》うよ。

石井　かおり
大分県　54歳　自営業

「三年二組の皆さん」へ

島崎藤村《しまざきとうそん》の「初恋《はつこい》」を

うたで覚《おぼ》えたね。

いい結婚《けっこん》をしましたか。

担任《たんにん》より

衛藤　芙美代

大分県　75歳　主婦

卒業しまた教え子との懐しい授業のひとときを「うた」で覚えた藤村を思い出しました。

「天国の父」へ

父《とう》さんの子守歌《こもりうた》、
大《おお》きな声《こえ》で歌《うた》ってくれたね。
おかげで眠《ねむ》れなかったけど、
ありがとう。

甲斐和十
宮崎県 62歳

「亡き母」へ

いつも台所《だいどころ》でうたっていた母《かあ》さん、
寂《さび》しかったんだね。今《いま》よくわかる。

加藤 孝二
宮崎県 61歳

頼る人が居なかった母は、自分一人で何事をも解決してきた。

「息子」へ

かわいいかわいい魚屋《さかなや》さん。
保育園《ほいくえん》の発表会《はっぴょうかい》で踊《おど》った息子《きみ》。
今《いま》、魚《さかな》が大嫌《だいきら》いな四十七歳《しじゅうななさい》。

森のり
宮崎県 71歳 パート

レコードがすりきれる程、家でも練習して保育園の発表会で見せてくれました。
その息子も今年四十七歳。かわいかったなあ。

「坂本九様」へ

妻《つま》と何度《なんど》も上《うえ》を向《む》いて歩《ある》きました。
空《そら》の上《うえ》の娘《むすめ》が見《み》えてきて
涙《なみだ》はこぼれてしまいました。

猪野 祐介
鹿児島県 48歳 教育公務員

「音符」へ

高《たか》さがバラバラなのに、
つなげるとステキだね。

佐々木 愛莉
鹿児島県 18歳 高校3年

「じいちゃん」へ

さっき日本《にほん》のうたをきいたよ。
じいちゃんを思《おも》い出《だ》し、
うれしい気持《きも》ちになったよ。

ソイヤー ケイティー
カナダ 10歳
日本語補習校5年

「父」へ

昔《むかし》あなたが歌《うた》っていた懐《なつ》メロを、
気《き》づくと口《くち》ずさんでいます。
ああも嫌《きら》っていたのに。

遠藤 靖子
カナダ 45歳 歯科技工師

「うぐいすさん」へ

どうしてケキョケキョなの？
ホーはふくろうさんにとられたの？

うぐいすなのに「ホーホケキョ」じゃないのをいぶかって。

角谷 絢
カナダ 7歳
日本語補習校1年

「高校の同窓生」へ

同窓会《どうそうかい》今年《ことし》も無念《むねん》欠席《けっせき》です。
その日《ひ》は異郷《いきょう》で独《ひと》り校歌《こうか》を歌《うた》い
「高校《こうこう》三年生《さんねんせい》」を歌《うた》います。

三宅 教子
台湾 主婦

予備選考通過者名

順不同

北海道
佐々木 晋
佐々木 晋
関根 真希
高橋 鉄巳
高橋 鉄巳

青森県
在原 ルミ子
礒崎 竜之介
久保 えみ子
小森 美咲
権代 祐真
森 惇

岩手県
荒田 正信
大峠 琴弓
古水 和子
松浦 里菜

宮城県
伊藤 セツ子
遠藤 里美
加藤 千薫
草苅 龍杜
呉 厚子
佐々木 笑優
髙橋 のぶ子
千葉 しのぶ
林 恵子
藤坂 宏子
三浦 星

秋田県
石川 みほ
大澤 純子
今野 香織
今野 芳彦
今野 芳彦
桜庭 智江子
中野渡 広子

山形県
井澤 英悦
伊藤 彩
佐藤 詠一
髙橋 咲
田辺 希
東海林 虎

福島県
荒井 咲
大島 勝
大島 勝
大島 勝
菊武 成光
鈴木 彬生
鈴木 晴子
豊口 卓
奈良 淳子
野原 優花
室塚 崇夫
横山 民子

茨城県
小山 真理
菅谷 人生
鈴木 洋子
舟橋 優香
舟橋 優香
森作 希代江

栃木県
新江 孝子
大島 裕子
大場 信昭
君島 光子
国井 和子

群馬県
生方 あみ
梶 恵子
斎藤 弥生子
品川 泰羅
鈴木 ひとみ
星 瑛子
丸岡 道子
丸岡 道子
丸山 裕
村山 七瀬
米山 茉那

埼玉県
朝野 由紀子
市川 淑子
小松本 あゆみ
高野 由美
長坂 均
奈良 徹
野澤 祈里
藤原 正宜
松川 靖
松川 靖
三森 紀子
宮内 颯
安原 輝彦

千葉県
秋谷 正夫
粟野 忍
内山 佳那
岡崎 万紀子
小川 めぐみ
小川 めぐみ
小野 文香
近藤 匠真
貴田 美紀
永井 一枝
比留間 典子
藤崎 弘美
本郷 田鶴子
宮本 麻智子
本木 み幸
森 萌衣
吉田 美香子
吉村 りつ子
吉村 りつ子
渡会 克男

東京都
青木 晴子
油原 はる子
庵 祥子
岡西 通雄
小畑 和裕
門田 尚美
狩野 龍之介
小峯 柾也
阪本 雅登

東京都

髙仲 絹
俵積田 守
豊倉 和美
中島 純子
舛田 萌衣
宮崎 月大
大和 葉子
横山 たかみ
吉住 多聞
吉村 千華

神奈川県

青木 ひかる
天利 健一
安藤 照子
石川 真吾
久保 隆
四良丸 博子
鈴木 邦義
田中 淳子
中村 姫子
布川 彩
福田 玲奈
古山 智子

山梨県

金本 かず子
金本 かず子
鈴木 萌
中島 秀人
藤岡 昭

長野県

新井 浩子
高橋 むつ枝
町田 貫一
町田 ゆかり
横山 かおり
米津 説男

新潟県

今井 良子
今井 良子
小田 明子
内山 ハツエ
松永 まゆみ
宮川 克子

富山県

清水 めぐみ
丹下 美紗
土井 悠希乃
水上 晴香

石川県

井上 郁乃
岡田 陽美
金森 洋三
坂 淳子
坂本 育子
瀧口 あさ子
林野 加奈
松井 聡美
松本 外喜雄

福井県

青山 佳歩
有田 亘太郎
飯塚 椋平
いがらし ほのか
生田 愛恵
石崎 翔大
石橋 晴世
伊藤 壱成
内山 桃子
宇野 桃加
宇野 晴香
漆崎 竣哉
江澤 隆輔
大坂 節子
小川 明美
小川 暖陽
笠原 恵太郎
かじかわ まゆ
河津 一加里
川森 幹菜
木地 敏子
貴田 明日香
木村 拓海
きよの このか
金谷 迅
久保 琴音
倉本 萌
小林 恵理
小森 星奈
酒井 勝江
酒井 蓮
阪藤 駿也
佐藤 一樹
澤崎 純子
塩崎 めぐみ
島田 竜彦
白崎 愛理
杉山 湧真
鈴木 瑠璃
髙田 茉佑
田じま よし大
竹島 彩珠
竹村 優希
田中 陽登
谷川 久美子
玉村 愛
津田 雅美
都筑 昌哉
坪川 淳一
坪川 淳一
坪田 歩空
寺澤 穂高
寺本 斗真
徳田 優來
土橋 輝代
中島 幸成
中村 公雄
西畑 勝人
野阪 逢葵
野村 典子
長谷川 星斗
濱中 未来
林 希美
林 龍弥
原田 悠里
福島 晴斗
藤田 雅人
藤田 泰成
古谷 擴子
堀之内 美鈴
前川 知香
前川 雄飛
牧野 早夕花
松原 大芽
松宮 武人
松本 喜太郎
松本 喜太郎
松本 光永
光森 英治

南畑 清子
宮永 英太郎
宮本 康生
宮脇 凛太郎
村上 愛奈
村田 悠彰
本谷 佳嗣
元矢 実伶
山口 絹子
山口 大河
山口 直美
山﨑 直美
山元 彩華
横山 正憲
吉田 郁子
吉田 萌那
渡辺 華乃
渡邉 千晶

岐阜県

車戸 智子
西野 靖子
細江 美幸
正村 まち子
水野 真里江
山下 恭平

静岡県

太田 迪花
小潟 美代子
小野 壱
勝又 薫
菅澤 正美
鈴木 裕美
工 良枝
原﨑 和義
原田 希実
平井 栄治
堀井 一凪
渡辺 紗名
渡邉 智恵子

愛知県

浅野 岳人
井原 愛梨花
小原 順子
久保 良勝
小久保 継
阪 のり子
佐野 利文
鈴木 一夫
鈴木 一男
久野 佳奈代
山口 典子

三重県

安保 友香子
安藤 美和子
梅村 和子
亀井 忠
北出 華倫
小林 秀夫
重住 真那
大道 佳子
谷口 寧基
玉本 すず
中尾 有希
藤原 淳子
南川 孝造
矢田 さとみ

滋賀県

植田 重隆
上西 碧
岡村 奈美
小谷 信子
佐藤 日和
田上 奇龍
田澤 智香子
政 龍信
西村 陽菜
幅野 惣雅
久田 恵美子
若城 啓子

京都府

大垣 すが子
岡田 健一
岡田 麻希
香月 幸子
冨永 幸
平石 孝美
牧 丈一郎

大阪府

麻田 楓香
荒木 美栄子
乾 愛
宇野 統一
岡 琢磨
乙田 美砂子
川嶋 彩来
釘﨑 里奈
黒坂 謙太
河野 静江
杉村 一日出
鈴木 彩乃
滝口 美代子
竹尾 和季
徳永 有莉
中西 嶺也
濵田 紗里
福家 大造
藤本 亜優
松山 恭子

兵庫県

阿江 美穂
内崎 里咲
大倉 豊司
木村 泰我
木村 武雄
木村 武雄
木村 武雄
木村 尚子
佐見津 真美
中井 千草
長尾 良子
林 洋子
林 洋子
林 洋子
原 八千子
ファムタン フォン
古川 あゆみ
三木 将一
溝垣 直生
安井 浩司
山本 依子
吉田 麻美
奈良県
北 花乃音

和歌山県

鈴川 優奈
庄門 梓
森田 とよ子
若田 海斗

鳥取県

荒田　夏理
目春　朋子
森川　詩穂
森川　詩穂

島根県

沖野　充
佐野　正芳
杉本　理恵
角森　玲子

岡山県

川上　まなみ
田中　利枝
藤田　明子
渡邉　光子

広島県

井上　一幸
川本　恵美子
栗田　雅晃
佐々木　景子
助信　令子
田中　秀利
畠山　輝子
渡辺　佳子
渡辺　佳子

山口県

川﨑　愛
高橋　和榮
山口　健
吉田　萌香

徳島県

阿地　しずく
尾田　新星
宮本　弥奈
森　美智代
渡辺　惠子

香川県

天野　妙子
馬越　直子
岡田　万里子
中村　千代子
村上　正史

愛媛県

有光　静夫
伊藤　恵美子
宇都宮　千瑞子
宇野　綾子
大塚　道江
大石　敦雄
大西　萬寿美
大本　悦子
加藤　扶美子
金光　葉月
川口　和代
近藤　千代
谷岡　和佳奈
田野　光将
向井　加代子
森田　欣也
森田　欣也
山岡　万里子
渡辺　聖

高知県

井手　晴菜
井上　正彦
竹村　悦子
竹村　悦子
竹村　悦子
安岡　優
矢野　久美

福岡県

石川　美晴
石田　もとな
石田　もとな
伊藤　杏実
井上　美津江
伊与田　美咲
桑野　瞳
小能見　渚
田上　みゆき
綱田　厚子
徳冨　幸子
土橋　朱礼
仲　俊子
仲　俊子
永石　陸
橋口　智保子
藤岡　由奈
桝田　志保
増田　哲子
河野　知之
森　香苗
安本　竹生
山田　知子
米倉　佳奈美

佐賀県

久富　功一郎
古庄　民子
牧野　さえ子

長崎県

荒木　順子
江口　雅子
濱　裕子
濱﨑　百合子
松下　光代
山﨑　理美
吉本　喜代子

熊本県

足立　純子
坂本　桂子
島田　可南子
藤田　加津代
藤田　加津代
蓑田　有世

大分県

旭　珠美
今永　惠子
今永　惠子
衛藤　芙美代
重金　愛羽
造士　幸代
髙木　敦子
千綾　陽子
松本　光子

宮崎県

佐藤　陽子
長谷　紗世子
野邊　奈々美
三浦　愛依莉
村岡　健造
森　のり
森　のり
森　のり
森田　純礼

鹿児島県

猪野 祐介
入田 雅乃香
上之脇 怜央
菅屋 達樹
杉山 穂乃香
中村 友紀
林 ひとみ
宮田 葉子
山下 美由紀

沖縄県

安里 成美

カナダ

池田 春菜
ケイオス
永田 花
根本 杏珠
ミル 光
ロビン・ブラウン

中国

前田 有加

ブラジル

織田 真由美

アメリカ

富沢 魁

あとがき

「ママ、ボクがおなかにいるとき、このうたよくうたってくれたよね。ボクきいていたよ。」これは、兵庫県の松尾美樹さんの入賞作品「だいすきなママへ」です。このように、「うた」は生まれる前から共にあり、人の暮らしそのもののようです。「うた」で応募いただいた一つひとつの手紙から、そのことを改めて教えられました。今回も、日本全国はもとよりカナダなど海外からも多数の手紙をいただき、心より感謝申し上げます。

「うた」の手紙から、行間以上のことを膨らませてもらえました。それは、書き手ならではの皆様のやさしさであり、響きであり、よさでありました。知らず知らずのうちに書き手に「一度お会いしたいと思う」読み手になっていました。

その一次選考は、物心両面でご支援いただいております住友グループ広報委員会の皆様に、たくさんの時間をかけ、熱心な選考をいただきました。本当にありがとうございました。また、最終選考では小室等さんのまとめ役のもと、池田理代子さん、佐々木幹郎さん、新森健之さん、中山千夏さんらが事前の十分な選考のもとに、忌憚のない思い思いのご意見を出し合ってくださいました。先生方が、皆様の暮らしぶりや人柄までも思い浮かべての長時間の選考でした。お疲れ様でした。

また、募集をはじめ事業運営では、日本郵政グループの皆様、坂井青年会議所の皆様、そしてこの「うた」の出版では中央経済社　最高顧問山本時男氏らの関係各位にご指導・ご支援をいただきました。重ねて厚くお礼を申し上げます。

最後に、この一筆啓上賞を立ち上げて二三年目、皆様の百二十八万通の手紙に支えられて昨年八月、念願だった「一筆啓上　日本一短い手紙の館」をオープンさせることができ、この二月、来館一万人目を迎えるまでになりました。心より感謝を申し上げます。手紙の書き手、読み手、それを介し届ける人たちなどが発信する豊かな手紙文化を醸成する拠点となるため、今後ともご支援賜りますようお願い申し上げます。

二〇一六年四月

公益財団法人　丸岡文化財団

理事長　喜夛　正之

日本一短い手紙「うた」 第23回一筆啓上賞

二〇一六年四月三〇日　初版第一刷発行

編集者――公益財団法人丸岡文化財団
発行者――山本時男
発行所――株式会社中央経済社
発売元――株式会社中央経済グループパブリッシング
〒一〇一－〇〇五一
東京都千代田区神田神保町一－三一－二
電話〇三－三二九三－三三七一（編集代表）
〇三－三二九三－三三八一（営業代表）
http://www.chuokeizai.co.jp/
印刷・製本――株式会社　大藤社
編集協力――辻新明美

ISBN978-4-502-19181-7　C0095

シリーズ「日本一短い手紙」好評発売中

本体1,000円＋税

本体1,000円＋税

本体1,000円＋税

本体900円＋税

本体900円＋税

本体900円＋税

本体900円＋税

本体900円＋税

本体1,000円＋税

本体900円＋税

本体900円＋税

本体900円＋税

本体900円＋税

本体900円＋税

本体900円＋税

本体900円＋税

本体1,000円＋税

本体1,000円＋税

本体1,000円＋税

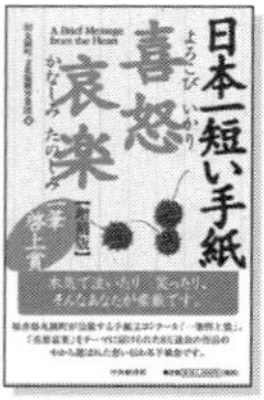

本体1,000円＋税

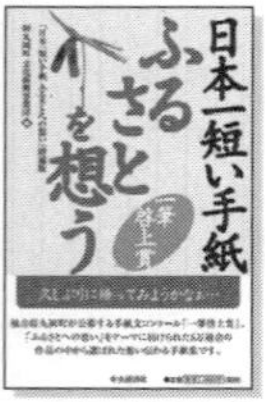

本体1,000円＋税

本体1,000円＋税

本体1,429円＋税

本体1,429円＋税